Winter Woods

윈터 우즈

3

COSMOS 글 | 반지 그림

CONTENTS

Part 13

/

묘연한 꿈

그래서,
얼마에 할 건데?

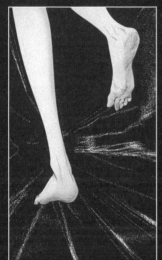

털썩

저벅

저벅

저벅

저벅..

나야.

내가 온 거야.

안 좋은 꿈이라도
꾼 건가.

……

조에, 나한테 뭐 할 말 없어?

……

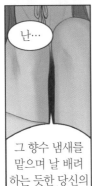

난…

그 향수 냄새를 맡으며 날 배려 하는 듯한 당신의 행동에 언제나 기분이 좋았어.

당신의 말대로 그동안 잊고 있었던 거야.

…그래서?

우리가 어떻게 만났는지.

사람들을 돕는다고 했을 때, 어쩌면 나 스스로도 현실을 피했는지 몰라.

'그래, 저 사람은 정말로 사람을 돕는 걸 거야.'라고.

당신의 그 향수 냄새에 취해서…

하고 싶은
말이 뭐야?

다신 그 냄새
맡고 싶지 않아.

그래,
당신의 말이 맞아.
우린 버려지는 것에
익숙해.

그런데,
난 버리는 것엔
익숙하지 않아.

나는
언제나 곁에
두고 싶고,

언제나 같이
있고 싶고,

무슨 말이라도
좀 해봐.

조에….

난 버리는 것엔
익숙하지 않아.

나는 언제나 곁에
두고 싶고, 언제나
같이 있고 싶고,

언제나,

언제나 함께
웃고 싶어.

제인, 왜 갑자기 모든 것들이 느리죠?

웨이~

쫑알

근데 기분이 나쁘지 않아요.

제인도 느리고, 로이도 느리고오~ 저도 느려요.

그래, 알았어. 그만 자자.

자자고….

쫑알

전에 흰 사람들이 팔에 찌르는 약도 이런 느낌이었는데,

그만 떠들고 자라고!!!

픽얶

이 윈터 새끼! 이 진상 새끼!!

저 멍청이들.

깟츗쯧

…응?

제인은 처음 봤을 때부터 빛나고 있었어요.

그 반짝임은 천천히 번져서, 오늘 저까지 끌어안았어요.

제인은 반짝여요, 언제나.

델라.

출판사에서 연락이 왔다니 살짝 질투 나는데? 나도 더 열심히 해야지!

19

격려해줘서
고마워.

나중에
시간 나면
한번 보자!

정말 진심으로
축하한다!!

이 새끼…
안 자는 것
같은데…

연기하지 마!
이 자식아!

너 아직도
술 안 깼어?

모르겠어요.

아직 살짝
이상해요.

근데 로이는
안 졸려요?
왜 깨어 있어요?

너,

전에
마트에 갔을 때
같이 갔던 사람 중
단발 있었지?

아, 클라우드요?

이름이
클라우드야?

그냥
클라우드?

23

클라우드 레브예요.

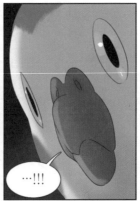

…!!!

…나 잠깐 바람 쐬고 싶으니까, 문 좀 열어줘.

밖은 많이 추울 텐데요?

잔말 말고 열어줘!

알겠어요, 로이. 빨리 들어와야―

그런 질문은 내가 해야 하는 거 아닌가? 난 너희가 오기 전부터 여기 있었어.

네가 왜 여기에 있는 거지?

따라온 건 아니고?

뭐, 아니라면 거짓말이지.

너와 말장난하고 싶지 않아.

그보다 '레브'라는 성을 사용하고 있더군. 미친 거 아냐?

미쳤다니, 이거 섭섭한데.

난 '조에'라는 이름도 사용하고 있거든.

네가 뭐라고 '조에 레브'라는 이름을 사용하는 건데! 너는—

내가 아니면 누가 사용해야 하는 거지? 옆집에 사는 그 윈터가 사용해야 하는 이름인 건가?

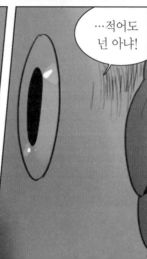

…적어도 넌 아냐!

손끝이
따뜻해지면서
흐물흐물해지는
느낌.

알아?

어쩌면…

이대로도 괜찮겠다,
싶더라고.

그런데…

그때 창문으로
네가 보였어.

널 보는 순간 녹았던 손이 돌아오더군.

신기하지? 그 오랜 시간이 지났어도, 난 항상 그때에 머물고 있는 것 같다니까?

아주 생생해.

빨리 끝내고 그 꿈을 마저 꾸고 싶어.

원래는 좀 더 천천히 네게 다가가려 했는데, 그 꿈이 너무 강렬해서 모든 걸 빨리 끝내고 싶어지더라고.

로이.

난 다 알고 있어.

넌 날 속였던 거야, 그렇지?

난 실패작이 아닌 성공작이었어.

그런데 왜 '조에 레브'가 아닌 이런 모습으로 살고 있는 걸까?

…지나친
착각이군.

넌 명백한
실패작이야.

네가 진짜
성공작이라면,
여기에 이러고 있을
수가 없을 테니까.

으으…

······

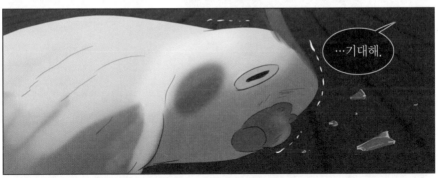

…기대해.

난 지금 하나뿐인
내 동생을―

어떻게
예뻐해줄까 하고
고민 중이니까.

……!

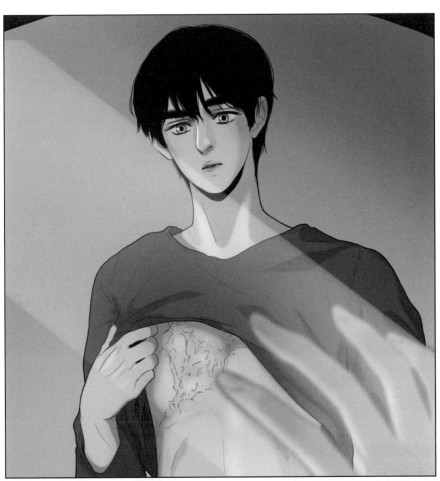

로이.
많이 춥죠?

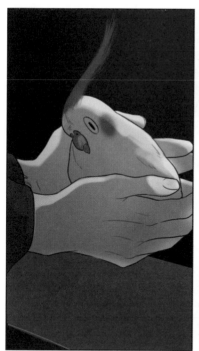

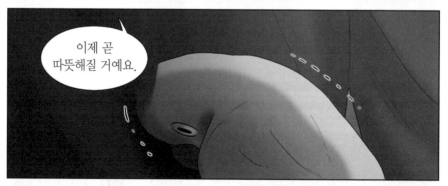

이제 곧
따뜻해질 거예요.

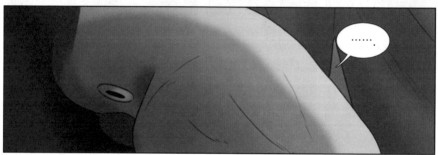

......

Winter
Woods

Part 14

/

결핍

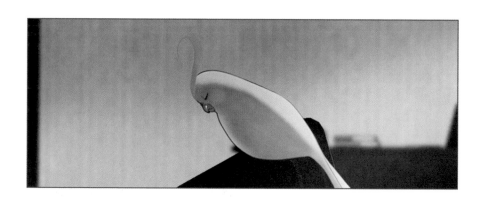

옛날 옛날에 연금술사에게 만들어진
작은 태엽 인형이 있었어요.

그 태엽 인형은 연금술사에게
말하는 법도 배우고,
글도 배우고,
감정까지 배우는 등,

그의 사랑을 듬뿍 받았어요.

태엽 인형은 그런 연금술사가
너무 좋았어요.

하지만 연금술사는 태엽 인형을 가르칠 때면
항상 버릇처럼 이야기했죠.

"나논 언제나 나의 아들을 되살리고 싶었단다.

차디찬 땅속에 있는 내 아이를 생각해보렴.
너무 슬프지?
난 그 슬픔을 견딜 수가 없구나.

그래서 난 내 아이를 만들 거란다.
그 아이에게 따뜻한 몸과 마음과
생명을 불어넣어 주고,
나의 성과 멋진 이름을 붙여줄 거야.

조에 레브.

멋지지 않니?"

그 이야기를 들은 태엽 인형은
알 수 있었어요.

'아… 난 가족이 될 수 없구나….
그 이름을 가질 수 없어…'

연금술사는 태엽 인형이
'아버지'라고 부르는 걸
허락하지 않았고,

오직 '주인님'이라고
부르도록 시켰어요.

태엽 인형은 주인님의 사랑을 듬뿍 받았지만
한편으로는 쓸쓸했어요.

그러던 어느 날이었어요.

"어제 완성한 '아이'란다.
네가 잘 보살펴 주고 가르치려무나.

내가 네게 그랬던 것처럼."

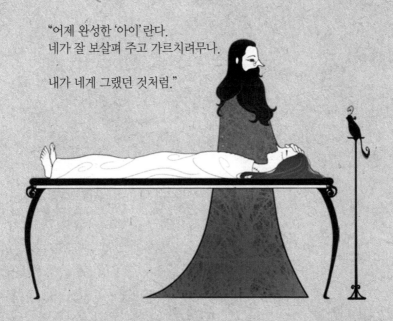

태엽 인형은 주인님의 말대로
그 큰 인형을 보살폈어요.

말하는 법도,
글도 가르치면서 말이죠.

하지만…

감정만큼은 가르치지 않았어요.

태엽 인형은 알고 있었거든요.

'저 인형이 감정을 가지게 되는 순간
난 버려지고 말 거야.'

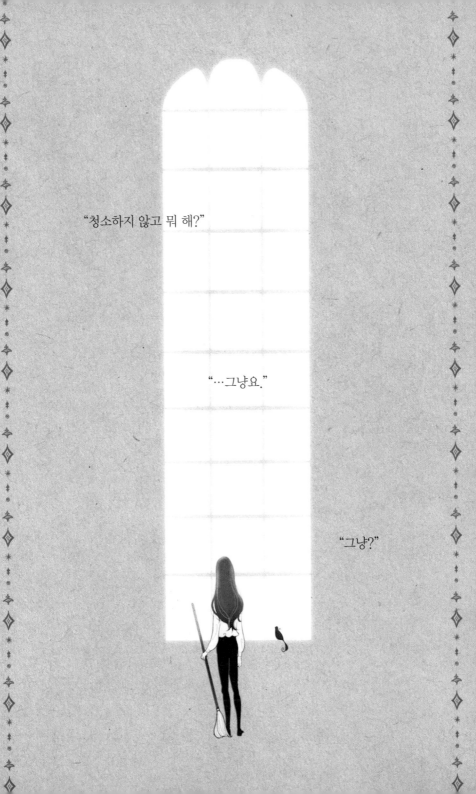

"청소하지 않고 뭐 해?"

"…그냥요."

"그냥?"

"이 느낌은 뭐죠?
뭔가 따뜻해요."

"햇빛은 따뜻하니까."

"단순히 따뜻한 것과는 달라요.
가슴 속의 뭔가가 동글동글해지는 것 같아요."

"그것이 점점 퍼지고 번져서
손가락 끝,
발끝,
머리카락 끝까지 닿는 느낌이에요.

눈을 감고 가만히 있고 싶어요."

그 순간 태엽 인형은
너무나도 불안해졌어요.

'저 녀석이 가족이 되면 어쩌지?'

태엽 인형은 생각하고
또 생각했어요.
그리고 결론을 내렸죠.

어서 도망가!!

주인님은 널 곧
죽이고 말 거야

태엽 인형은
결국 큰 인형을
내쫓았어요.

이것들을 봐!

감정이 생긴
큰 인형은 겁에 질려
집을 뛰쳐나가 숲으로
사라졌습니다.

너도 이렇게 산산조각이 날걸?

"그래서 그 '아이'는
어찌 되었다고?"

"도망갔어요.
제가 쫓아가 봤지만
숲으로 도망가는 바람에
놓치고 말았어요.
감정을 가르치던 중이었는데…
죄송해요, 주인님."

"숲으로 갔다면…
아마도 온전치 못하겠구나.
늑대들에게 물어뜯겨
죽고 말 거다."

"…저를

미워하지 않으실 거죠?"

"내가 널 왜 미워하겠니.
네 잘못도 아닌데 말이다."

연금술사는 태엽 인형을
꼬옥 안아줬어요.

그의 품에서 태엽 인형은
안도의 미소를 지었습니다.

그 후로 긴 시간이 흘렀어요.

"이제부터 네가 또
수고를 해줘야겠구나."

태엽 인형은 또다시
새로운 인형을 가르쳤어요.

물론
감정은 뺀 채로.

"앞으로
잘 지켜보거라."

"......"

"그건 들꽃이야.
보통 봄에 피지."

"들꽃…
이름은 없나요?"

"그냥 이름 없는
들꽃이야."

"이름이 있었으면
좋았을 텐데."

"…이름은 아무나
함부로 가지는 것이 아냐. .
이 꽃은 물론이고,

너도 그렇지.

그런데 꽃은
왜 계속 쳐다보는 거야?"

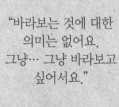

"바라보는 것에 대한
의미는 없어요.
그냥… 그냥 바라보고
싶어서요."

"······"

태엽 인형은 다시 무서워졌어요.

저 인형이 감정을 가졌단 사실을
주인님께서 알게 되면 난 어떻게 되는 거지?

날 계속 사랑해주실까?

혹시 태엽을 감아주지 않으시는 거 아닐까?

그러면 난 정말… 죽을까?

아무도 없는 구석에 처박혀,
차디차게 식은 채로, 그렇게 죽는 거야?

모두의 기억 속에 잊혀진 채로 그렇게…
그렇게 버려지는 거야?

버려지기 싫어.

혼자이기 싫어.
나는―

그 순간 태엽 인형의 눈에
연금술사가 들어왔어요.

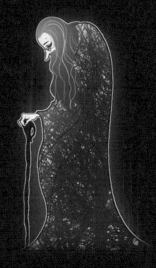

하얗게 센 머리,
주름 가득한 얼굴,
힘없이 떨리는 작은 몸,
그리고 빛을 잃은 눈동자.
태엽 인형은 생각했어요.

'주인님은 과연 얼마 동안
나와 함께할 수 있을까.'

그리고 인형을 바라보았어요.

아무리 시간이 흘러도 변치 않는
젊은이의 모습을 한 인형을 말이죠.

태엽 인형은 미소 지었어요.

그 어떤 때보다
환한 미소를.

난 혼자이고 싶지 않아.

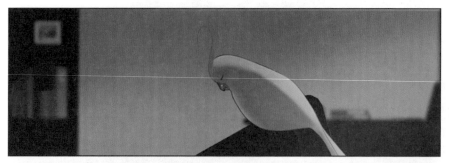

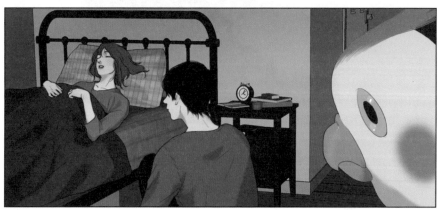

추워도 좋으니까…
우리 빨리 집으로
돌아가자. 나 여기
너무 싫어.

…….

왜 말이 없어?

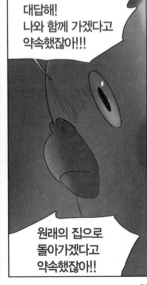

대답해!
나와 함께 가겠다고
약속했잖아!!!

원래의 집으로
돌아가겠다고
약속했잖아!!

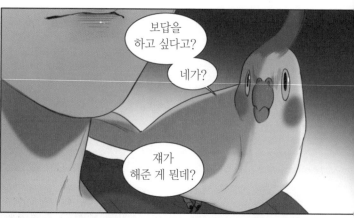

보답을
하고 싶다고?

네가?

재가
해준 게 뭔데?

…그래요,
돌아가요.

다만 제인이
제게 준 것들에 대한
보답은 하고 싶어요.

전 제인에게
많은 것들을
받고 있어요.

그 보답으로
들려주기로 했던
이야기를 다
하고 싶어요.

그리고 가요,
로이.

약속할게요.

…….

말도 안 돼!
봤어?

서로 떨어져 있던
몸이 완벽히 붙었어!

한 몸처럼!!

래리! 상처가
아물어간다고!

어? 어어—
놀랍군.

뭐야, 자기
좀 이상해.
집중도 못 하고.

사실 난 윈터보단
로이의 행동이
더 신경 쓰여.

나도 신경이 아주
안 쓰이는 건 아니야.
하지만 지금은 윈터가
더 큰일이라고.

그래.
그렇지만 생각해봐.
로이가 왜 클라우드의
집으로 날아간 걸까?

왜 그 사람의
정확한 이름을 물어본
거지? 듣고 싶은 게
있는 것처럼. 안 그래?

이 광장엔 오래전부터 이상한 소문이 돌고 있었어.

저 안개 숲에 살인마인가 귀신인가 산다는 그거?

그 소문이 어떻게 생겼는지 혹시 알아?

나야 모르지.

아주 오래전부터…

이 광장 주위엔 원인을 알 수 없는 화재가 발생해왔어.

경찰 측과 소방 측은 그 장소들이 대부분 후미진 곳이거나 뒷골목 쪽이어서 화재 예방에 취약했던 탓일 거라 생각했지.

그래서 그냥 대수롭지
않은 화재이겠거니—
하고 넘기는 식이었는데,

어느 날
이변이 생긴 거야.

그날도 어김없이 화재가 발생했는데,
생각보다 빠른 진압 덕분에 집 안이
많이 타지 않고 남아 있었던 거야.

덕분에 단순한 화재가 아니라
연쇄 살인이라는 것을
알 수 있었어.

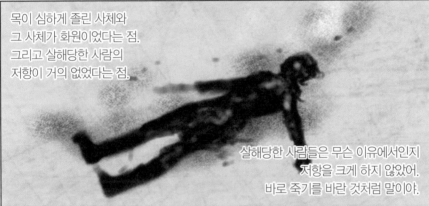

목이 심하게 졸린 사체와
그 사체가 화원이었다는 점.
그리고 살해당한 사람의
저항이 거의 없었다는 점.

살해당한 사람들은 무슨 이유에서인지
저항을 크게 하지 않았어.
바로 죽기를 바란 것처럼 말이야.

즉 그들은 살인마에게
죽여달라고 의뢰를
한 거지. 의뢰를 받은
살인마는 그들의
바람대로 죽여주었고,
불을 지른 거야.

마치 장례식처럼.

그런데….

살인마의 것으로 보이는
피부 조직과 혈흔이 발견됐어.

피해자도 사람인데,
아주 약간은 저항을
하지 않았겠어?

그런 과정에서
떨어져 나간 모양이야.

그 피부 조직과
혈흔으로 검사해보니
터무니없는 결과가
나왔다더군.

터무니없는
결과? 뭔데?

14~15세기에
존재했던 사람이란
결과가 나왔대.

어떻게 그런!!!

즉 살인마는 적어도
육백, 칠백 살 정도 되는
나이를 가졌다는 거야.

화재가 발생한
지점과 가깝고 음침하다는
이유로 이 광장에 그런
소문이 돌게 된 거야.

말도 안 돼!
그런 사람이
존재할 리가—.

정말—

말이
안 된다고 생각해?

제인 씨! 오늘
청소!! 청소해야죠!!

하… 시끄러워…
윈터… 오늘만 네가
대신 청소 좀….

알겠어요,
제인.

잠깐만!
눈썹을 아직까지
안 지우고 있었어?

그거
지우고 나가!

어?!
어디 갔지?

뭐 해요?

어, 어, 어디서
나타난 거니, 너?!

······

그럼 뭐,
모델이라도 서주게?
어디 이 앞에 서서
포즈라도 취해봐.

너!

스미스, 이게
저인가요?

너무 작아서
제가 아닌 것
같아요.

네가 거기에 서
있으니까 그런 거지.

히이이익!!!

······
그게······
뭐야?

다 그렸어!
이리 와봐!

어때?

크로키야~
크로키!

....

야.
클라우드다.

야, 야!!!!

왝

오, 윈터!

안녕하세요. 클라우드.

어디 가나요, 클라우드?

일하러 가요~. 이래 봬도 나 인기가 좀 있거든.

바쁘네요, 클라우드는.

하지만 이상해요.

제인이 클라우드의 노래는 끔찍하다고 했거든요.

하하하~

내 노래는 어느 정도 수준이 있는 사람이 아니면 이해를 못 해요.

워~~낙 급이 높다 보니까!

급? 클라우드의 급은 뭔데요?

혹시 어디 아픈 건 아닐까요? 찾아가 봐야 하는 건 아니겠죠?

됐어. 올 때 되면 오겠지.

아도라요.

여기로 맨날 올 거라고 했는데, 오늘은 오지 않을 건가 봐요.

누가?

응? 누가~?

히익!

안녕하세요. 래리 씨!

전 이만 일하러…

하하항~

어쩌다 우연히 봤었는데, 그 여자애 말하는 거지? 누구야? 친해?

…….

오늘 클라우드가 이상해요. 달라졌어요.

뭐가? 깃털같이 가벼운 게 평소랑 똑같은데.

냄새가 안 나요. 그 하늘 꽃 냄새요.

…그래?

흠

그보다, 살인마가 클라우드 일지도 모른다고? 그건 좀 아니지 않나?

클라우드가 집 밖으로 나가지 않을 때에도 살인마는 목격된 적 있다고.

그래. 클라우드가 윈터와 같은 종류의 사람일 리 없어.

74

Part 15
/
미완성

윈터어~~!! 얘 왜 이러는 거야? 내가 모르고 깔고 앉았는데, 반응이 없잖아.

저번처럼 태엽 감아줄 때가 돼서 이러는 거지?

삘삘

설마 내가 깔고 앉아서 로이가!!

제인은 로이 걱정을 많이 하네요.

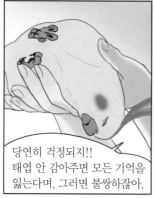

당연히 걱정되지!! 태엽 안 감아주면 모든 기억을 잃는다며. 그러면 불쌍하잖아.

…감아주지 않아도 돼요. 로이는 자고 있어요.

오늘 새벽에 잠들었거든요. 로이는 원래 한번 잠들면 잘 깨어나지 않아요.

…그래? 그래도 이 정도면 문제가 있는 거 아냐?

글쎄요.

…???

둘이 싸웠나?!

달그락 달그락

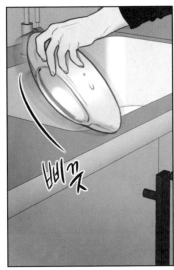

삐끗

댓발...

와장창ㅡ

야, 괜찮아?

윈터,
움직이지 말고
가만히 있어봐.

조심 좀
하지 그랬어!

어휴ㅡ

긁혔네,
긁혔어.

79

……

한 시간 뒤.

제인!
제인!

왜?!

청소를
하다가 가시가
박혔어요!

도대체
청소를 얼마나
열심히 했길래
그래?

기다려봐.
뽑아줄 테니까.

좀 따끔해도
움직이지 마~.

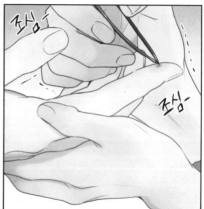

조심~

조심~

또 한 시간 뒤.

제인!!!

제이인!!!!

이번엔 또
무슨 일이야?!

넘어졌어요.
그래서 여기에
부딪혔어요.

또 한 시간 뒤….

또 한 시간—.

제인, 제인!!

제인, 제인!!

제인, 제인!!

제인, 제인!!

야.

죽는다,
진짜!!

건드리기만
해봐!

너 오늘따라
왜 이렇게 산만해?

솔직히 말해봐.
일부러 그러는 거지?

…아, 아니에요.

사실대로

말하라고.

......

아까 로이한테
했던 것처럼….

절 봐줬으면
해서요.

…머, 뭐?

제인이 절
살펴보는 모습을 계속
보고 싶었어요.

잠깐, 잠깐.
그러니까 넌,
내가 널 걱정하는 게
좋았다, 이거야?

아이고
두야~

너 뭐야.
내게 관심받고
싶기라도 한 거야?

네가 애야?

아니면 나 좋아해?

…네?

아, 아님 말고.

사람 민망하게, 쯧.

버했다....

좋아한다...?

아무튼 윈터, 이제 좀 얌전히 있어.

이제부터 나 일할 거니까—

화아

좋아한...다...?

쿵

제인,
알려주세요.

지금
너무 이상해요.

나, 나도 그런 거 몰라!
그보다 어디가 어떻게
이상한 건데?

증상을 좀
얘기해봐, 응?

…제인의 씨앗을
가슴에 심었는데

무언가가
제 안에서 자라고
있는 것 같아요.

…뭐, 어디다
뭘 심어?

오, 옷 좀
올려봐!

여기… 여기다
씨앗을 넣었는데….

이 미친놈아!!!

여보세….

삐빅-

사라!
큰일 났어!

갑자기
무슨 일인데?

혹시 지금 와줄 수 있어?
윈터가 이상해! 아프대—
뭔가 자라나는 것 같대!

쟤가 내 씨앗을
자기 가슴 속에다
심었다는데 그게
잘못됐나 봐!

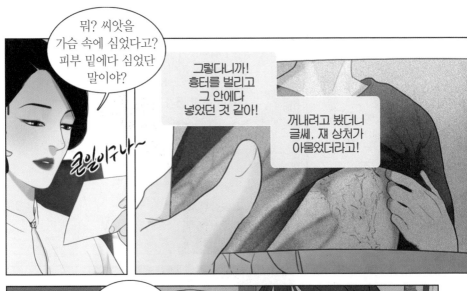

당장 보낼게!
근데, 정말 괜찮은
거겠지?

그런 건 또 어디서 봤니?
아직 그 정도는 아닐 거야.

그러니까 우선 끊자.

여기 일 최대한
빨리 마무리 짓고
바로 갈게.

인터넷 뉴스 같은 거 보면
잘못 먹은 과일 씨가
배 속에서 싹 트고 그런 거
나오잖아….

으, 응….
빨리 와야 해?

알겠어.

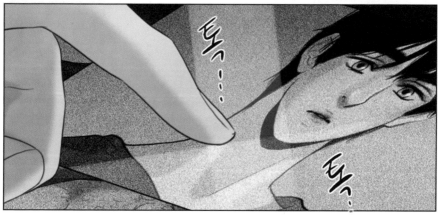

톡…

톡…

넌 계속 그렇게
해주면 돼, 제인.

억지로 눕혀 놓음

윈터!

깜짝

…네?

왓!

아까 그 흉터 좀
다시 보자.

버둥

가만히
있어봐!

버둥

흉터 부분
사진 찍어야 돼!!

가만히 좀 있으라니까!

……

울컥

전송!

윈터.

살짝

혹시
아파?

아, 아뇨.

도리
도리

사라 말대로 괜찮겠지?
설마 싹이 나진
않을 거야….

봐! 심장 소리도
멀쩡한 것 같잖아!

콩닥
콩닥
콩닥
콩닥
콩닥
콩닥

너 정말
아무렇지도
않은 거지?

괜찮아요, 제인.

제가 걱정되나요?
로이처럼?

당연히 걱정되지!
사람 목숨이
왔다 갔다 하는데!

사람….

물론!!

네가 내 씨앗을 또
훔쳤다는 건 정말 용서
못 할 일이지만!!!

아니, 넌 왜 그 씨앗을
여기다가 넣어봐?
너 미친 거 아냐? 아오!

제인에겐 그 씨앗이 소중하다면서요.

제가 그 씨앗을 가지면 제인의 소중한 것이 될 거라 생각했어요.

생각해봐. 내가 로이를 주머니에 넣고 있다 해서 내가 로이가 돼?

아ㅠ...

그러니까 너도 그 씨앗이 아니야! 알겠어?

…그럼 전 어떻게 해야 제인의 소중한 것이 될 수 있죠?

아~진짜!

모, 몰라!!!

사라가 온댔으니까, 그때까지 가만히 있어!!!

네….

제인.

또 왜~.

제인의 눈엔 제가 어떻게 보여요?

또 무슨 말이 하고 싶은 거야?

전 항상 그 자리에 앉아서 제인을 바라보았어요.

불빛 밑으로 보이는 제인의 얼굴은 항상 웃고 있는 것처럼 보였죠.

웃으면서 제게
말을 거는 것 같았어요.

그 말은
알아들을 수 있는 건 아니었고,
제가 스스로 해석을 해야 하는
그런 말이었어요.

그래서,
내가 뭐라고
말하던데?

'내 이름을 불러봐'
라고 말하는 것 같았어요.

'그럼 괜찮아질 거야.'
라고.

저는 제가 만들어진
이후부터 쭉 몸속에 뭔가
뜨거운 액체 같은 것이
조금 있다는 걸 느꼈어요.

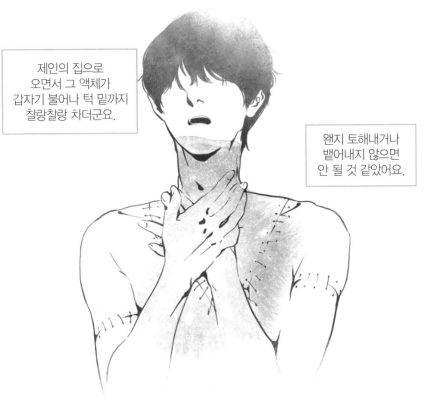

제인의 집으로
오면서 그 액체가
갑자기 불어나 턱 밑까지
찰랑찰랑 차더군요.

왠지 토해내거나
뱉어내지 않으면
안 될 것 같았어요.

그래서 뭔가 외치며
그것을 뱉어내고 싶었는데,
뭘 외쳐야 할지조차도
모르겠더라고요.

그러다 문득
제인이 제게 말을
건 거예요.

제인의 이름을 부르니 가득 찼던 그것들이 조금은 없어지는 것 같았어요.

하지만 어디서 나오는지 또 차고 넘쳐요.

계속 제인의 이름을 부를 수밖에 없어요.

무슨 느낌인지 대충 알 것 같아.

쏟아내고 또 쏟아내도 계속 비워지지 않는.

옛날에 좋아했던 학교 선배한테 그런 느낌을….

그러면서 아까 제인이 제게 했던 질문이 떠올랐어요.

아… 그, 그, 그 질문은 그냥 잊어버려. 그냥 해본 말이야.

저는 제인을
바라볼 수밖에
없고,

또 제인의
이름을 부를 수밖에
없는데—

전 제인을
좋아하는 걸까요?

하… 하! 하! 하!
감정이라는 게
의지와는 상관없긴
하다만….
그, 글쎄,
난 잘 모르겠다?

제인도 저를
가슴 속의 씨앗처럼
소중하게 여겨주었으면
좋겠어요.

소중하다 생각해서
계속 절 불러주었으면
좋겠어요.

그게
무슨 소리야?

전….

뭐 하는 짓이냐고.

무, 무슨 짓은?!

아무 일도 없었어~!

…….

됐어. 그 전에,

이제 우리 얘기를 시작할 때가 되지 않았나?

오늘따라 의욕이 아주 솟구치는 게 마구마구 말하고 싶은 거 있지.

그러니까 세팅해. 녹음기든 노트든 빨리빨리 들고 오라고.

지금 그게
중요한 게 아냐,
로이!

이 윈터 새끼가
내 씨앗을 자기 가슴
속에 넣었다고!

근데 상처가
아물었어!

…뭐?

전에도 이런 적
있었어?

어디 봐.

빨리 옷 좀
벗어봐.

잠깐만요.
제인!

…….

아문 흉터는
다리에도
있어요!

오염

……!!!!

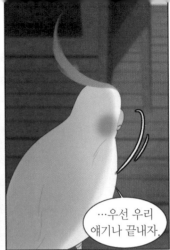

…우선 우리 얘기나 끝내자.

로이, 넌 이게 놀랍지도 않아?! 지금 그게 중요한 게….

버럭!

난 집에 가고 싶단 말이야!

여기서 한가하게 노닥거릴 시간이 있다고 생각해?! 빨리 끝내자고!!

뭐야ㅡ 무슨 소리 하는 거야?

제가 로이와 약속했거든요. 제인에게 이야기를 다 하고 나면 집으로 돌아가겠다고.

그래, 로이.
네 마음은 알겠어.

근데 상처가
이대로 아물면
참 좋은 일이겠는데,
안에 씨앗이 들어 있어.

잘못해서 큰일
나면 어쩌려고

상관없어.

여길 떠나
집으로 가면
괜찮아질 거야.

네가 윈터와
약속한 것처럼 나도
약속을 했어.

너희가 미리
말만 하면 붙잡지
않을 거라고.

이렇게 급하게
굴 필요 없다니까!

넌 아무것도
모르니까 그런 소리나
해대지.

아니 그럼
이해라도 되게
알려주든가!

뭘 믿고?! 난 아직
너 못 믿거든?

네가 우리한테
무슨 짓을 할지 어떻게
알아? 그동안 당해온
세월이 얼만데.

너 정말—

하

됐다.

새랑 무슨
감정싸움이냐.

나도 참
한심하다,
한심해.

난 새가 아냐.

아무튼 네가 아무리
가겠다고 난동을 피워도
못 보내줘.

원터 몸이 괜찮은지
아닌지 확인하는 게
우선이야.

난 새가 아니라고.

사라가 일 빨리 끝내고
온다 했으니까 넌
구석에 숨든지 말든지
알아서 해.

난 새가 아냐!

니들보다 잘할 수 있는 것들이 많은데 아무것도 못 해!

난 새가 아냐. 난 사람이야. 난 사람이었어. 사람이어야 한단 말이야!

네가 알아? 수많은 단어들과 생각들이 물밀 듯 들어오는데 몸이 따라주지 않는다는 거!

혼자 다할 수 있을 것 같은데, 정작 곁에 아무도 없으면 할 수 있는게 없다고!

이 부리 대신에 입이 있어야 하고, 온 몸의 깃털 대신에 피부가 있어야 했어!

날개 대신에 팔이, 팔이 달려야 했단 말이야!!

사람인데, 분명 내 머릿속은 사람인데 짐승 취급받아!

태엽 하나 스스로 못 감아!

병 수발 받는 환자도 아니고 얼마나 비참한지 알기나 해?! 나도 가능하다면 혼자 살고 싶어.

근데 없으면 죽어.

죽는다는 게 뭔지나 알아?! 난 한 번 기억을 잃은 적이 있었어.

주인님이 미처 내 태엽을 감아주지 못했던 거지.

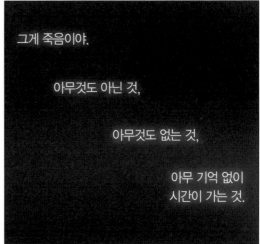

그게 죽음이야.

아무것도 아닌 것,

아무것도 없는 것,

아무 기억 없이
시간이 가는 것.

내 모든 것들이
눈을 감았다 뜬 것뿐인데
사라졌던 거야.

내가 있는지조차…
아니 내가 나인지조차도 몰라.
그냥 존재 자체가 없어.

그런데 더 무서운 건
그 일을 매일
겪는다는 거야.
난 잠을 자면
꿈도 안 꿔.
아무것도 없어.

그저 눈뜨면
새로운 시간이
나타나….
그 공백이 싫어서
언제나 잠에서 깨어나면
무슨 꿈이라도 꾸었나,
해서 찾으려고 애써.

혹시 내가
살아있었다는 증거를
찾을지도 모르니까.

그게 얼마나
무서운지 알아?

이대로 내가
영영 일어나지 않는다면
그걸로 끝이겠구나.
아니, 끝이라는 것도 모른 채
그냥 아무것도 아닌 게
되는구나.

아무것도 아닌
그 사실마저 모를 테지.

그게 죽음이라고….

난 죽는 게 싫어….

난 꿈을
안 꾼다길래
그냥 그런 줄로만
알았지.

이리 와, 로이.

난 혼자이기 싫어.
무섭단 말이야.

그렇다고 해서
누가 날 떠나는 것도
싫어.

난 나와 평생
같이할 수 있는 것과
있고 싶어.

그런데 결국
이 세상 모든 것들은
다 떠날 거잖아.

난 집에 갈 거야.

그 누구도
떠나지 않아도 되는
상황 속에서 편하게
있고 싶다고.

집에 가서 영원히
내 옆에 있어줄 수 있는
쟤랑 같이 살 거야.

미안해.
네가 이렇게 힘들지
내가 알았냐, 뭐….

난 주인님이 싫었어.
날 이렇게 만들고
성공작이라며
실험을 마친 그 사람이
너무나도 미웠어.

말로만 성공작이지,
분명 실패작이야.

맞아, 네 말대로라면
성공작은 아니지.

다만 실패작도
아니라고 생각해.

그러니까
너도 그렇게
슬퍼하지 마.

완성되지 않았기 때문에
무한한 것들을 담을 수 있는 게
바로 미완성이야.

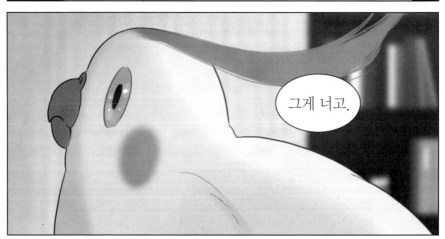

그게 너고.

솔직히 생각해봐.
네가 사람이었다면 똑똑하고
한외모 했을 텐데 그에 맞는
몸을 구하기가 어디 쉬웠겠어?
안 한 게 아니라 불가능했던
거겠지.

흥~

됐거든?

방금까지 앵무새
취급했으면서!

야아~!!!
그건 네가 자꾸
무시하니까─

횈

당연하지!
넌 코딱지잖아~~.
징그러운 코딱지의 기운.
떨어지지도 않네.

Part 16
/
머물고 싶은 마음

으아아아
아아악

코이새끼진짜아오
★>《&★---

이게 뭐야!!
이 상처 뭐야!!!

너 진짜 얼굴에
흉터 남기만 해봐!

......

걱정...

악!!
짜증나!

어차피
망한 얼굴, 스크래치
하나 났다고 뭐~.

오~ 그래?
오늘 저녁은
치킨이다.

치킨?

치킨?
그게 뭔데?

닭튀김!!! 이 새끼야!!!

난 새가 아니
라니까…

나 왔어 제ㅡ

앙?!

인….

엄청
빨리 왔네?

서둘렀지.

근데 방금
새 한 마리
있지 않았어?

새는 무슨.
로이라고 사람…이
한 명 더 있는데
너 싫대.

무슨 소리야.
돌았니?

ㅇㅇ극

윈터!
사라 왔어!

또 보네요,
윈터.

너도
인사해야지.
전에 봤잖아.

스윽

반가워요.

싱긋

……

사라, 빨리
와서 봐.

덜썩

…!!!

겉으로 보기엔
괜찮아 보이거든?
근데 잘 모르겠어.

윈터, 사라한테
흉터 좀 보여주자.

싫어요.

…!

싫어요?

일부러 바쁘다는
사람 불러놨더니만, 뭐?
그럼 다리라도!

싫어요, 제인.
아까부터
계속 억지로 옷
들추잖아요.

살짝만 볼게요.
창피해하지 마요.

싫어요.
안 보여줄 거예요.

전에는 아무데서나
훌렁훌렁 잘만 벗더니만
지금은 왜 싫다는 건데?!

뭘! 뭘!

제인이
아직 말해주지
않았잖아요!

123

절 소중히
해달라는 데 대한
대답요!

어?

제인도 저를
가슴 속의 씨앗처럼
소중하게 여겨주었으면
좋겠어요.
소중하다 생각해서
계속 저를 불러주었으면
좋겠어요.

제인도 그렇게
해줄 거예요?

오호~.

애가 정말
별소릴 다—!

…그, 그래…!
해줄게!

그러니까
빨리 벗자?

…거짓말.

내가!
오늘
너!
옷

벗기고
만다!!

흐흠.
제인?

지금 네 모습이
어떤지 알아?

왜?!

…변태.

…!!!

잠깐 나 좀 봐.

어?

이…

생각보다
거부감이 심한데.

지금 당장은
못 보겠어.

아 씨…. 저 윈터 웬수 같은 새끼….

네가 보내준 사진 으로 봤을 땐 이상 없어 보이더라.

우선 더 보자.

그나저나 아까 그 대답이란 게 뭐야?

하 하 하

나 아직 죽지 않았나 봐?

저, 저, 저놈이 보는 눈은 있어 가지고 내가 그렇게 좋대~.

아~ 고 요물.

그래, 그래.

너 얼굴은 또 어디서 긁힌 거야?

이제 연구소 들어가 봐야 되지? 미안해, 일부러 와줬는데.

아니.

뭐, 좀… 별거 아냐.

오늘 너희 집에서 자고 갈 건데.

급히 와서 옷 못 챙겨 왔어.

네 옷 좀 입는다.

엉!?!

누가 입게 해준대? 입지 마! 안 빌려줄 거야!

차에 먹을 거 있거든? 그것 좀 가져다줄래?

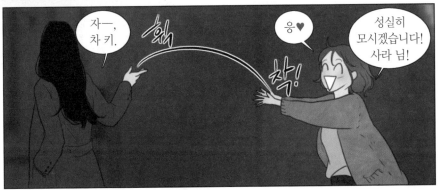

자—, 차 키.

휙

응♥

착!

성실히 모시겠습니다! 사라 님!

저, 저 술꾼.
재 고향이 술의
나라라잖아.
한국 알아?
한국.

…술!

응? 윈터?
뭘 그렇게 봐?

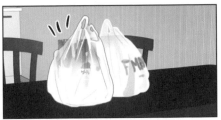

뭔가 불길한
기운이...

완전 맛있다!

이게
얼마만이야~~.

많이 먹어.

윈터. 술 정말
잘 먹네요?

많이 주지 말지.
얘 주사 있는데.

이것도 먹어요.
우리나라에선
이렇게 먹거든.

꾸역

꿀지럭

함—

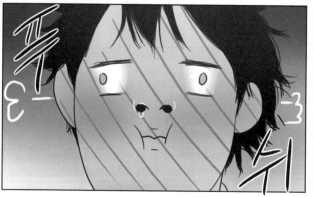

푸

쉬

별컥 별컥—

?????

오늘은 별로
안 매운데?

윈터.

제인한테 대답을
들으면 이제
어떡할 거예요?

뭘요?

꿀꿀꿀

뭐긴 뭐야.
제인에 대한
말이지.

애를 보면
뭐 하고 싶은 거
없어요?

잉?!

???
무슨 말인지
모르겠어요.

예를 들어
제인을 보면 가까이
있고 싶다든가,

만지작거리고
싶다든가,

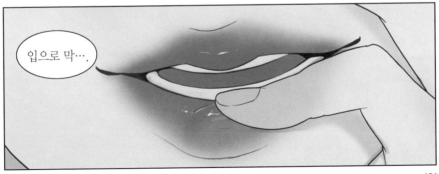

입으로 막….

얘가 지금 무슨 소릴 하는 거야?!

내가 뭐?

사라의 말대로 전 제인과 가까이 있고 싶어요.

계속 보고 싶고, 말 걸고 싶어요.

낄낄낄~ 아 진짜 그만하라고~.

짜 욱--

빽빽 !!!!

힐끔

초롱 초롱

야, 윈터. 너 대놓고 뻔뻔한 거 아냐?

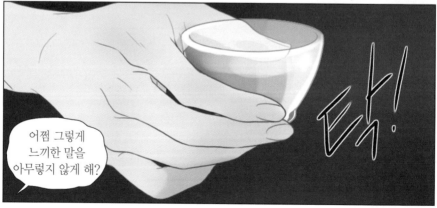

어쩜 그렇게 느끼한 말을 아무렇지 않게 해?

탁!

아주 확실한
성교육이 필요해.

윈터, 잘 봐요.

에스트로겐
헤스토스테론
정자
여포자극호르몬
배란기
자궁

얘네 왜 저래……

어때요?
재미있죠?

오오~

네, 신기해요!

정자와 난자가
만나면 아이가
생기는군요.

그렇지.

자, 이제
기초 공사가
끝났으니

정자와 난자가
만나는 과정을
알아볼까요~?

싸악

끄덕 끄덕 끄덕끄덕

?!?!

이 노트북만
있으면 뭐든 다
찾아볼 수 있지.

제인
노트북

어디 보자….

타닥

틱!

세상에!!

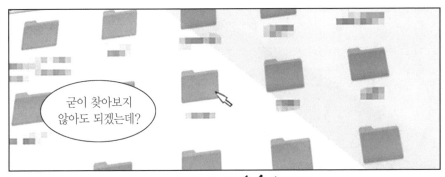

군이 찾아보지
않아도 되겠는데?

야예삐.

⑲

야시꾸리데스.

후끈 후끈

윈터한테 뭘
보여주는 거야!!

역시~ 제인.

역~시!!

뭐가 역시야!!!

국적별로…
제인… 많이
굶었구나…

쪽~

아악~!!
너 조용히 해!!!

근데 너, 요즘 소설 준비는 잘 하고 있는 거지?

어…? 어, 어어. 뭐, 나름.

열심히 하고 있어. 한번 볼래?

됐어. 내가 무슨 네 담당자니.

지금까지 읽은 것만 해도 책 수십 권 분량은 되겠다.

맨날 악평만 날리면서!

노잼이니까.

너 오늘 소파에서 자! 내가 침대 내주나 봐!

그렇게 나오시겠다~?

헝~

흐읏ᆢ

난 집에 갈 거야.
집에 가서 영원히
내 옆에 있어줄 수 있는
재랑 같이 살 거야.

그 누구도 떠나지
않아도 되는 상황 속에서
편하게 있고 싶다고.

……

계잉
ᅵ

―!?

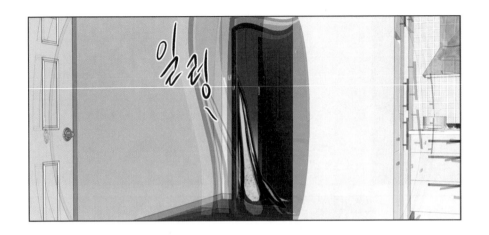

주인님…?

비틀

비틀
…

으랏
차
~

주인님!

......

주인님.
저 뭔가 달라지고
있어요.

이제 여기가
막 뛰어요.

안에서
펑펑 터져요.

그렇구나.

141

주인님은 왜 절 가두려는 거죠?

계속 묶어두고 다 안 된다고 하시고, 끝까지 딱딱하게 말하시고. 주인님은 제가 성공작이길 바라셨다면서요.

기쁘지 않으세요? 저, 성공작에 가까워 지고 있잖아요.

여기도 뛴다고요. 그럼 웃어야 하는 거 아녜요?

넌 그냥 그대로 있어. 그게 어울린다.

성공작이 되면, 좋을 것 같으냐?

…제인은 주인님과 달라요.

그녀는 걱정도 해주고, 웃어주고, 따뜻하게 대해줘요.

가끔 화를 낼 때도 있지만, 언제나 반짝이고, 저를 맑게 해주고, 로이도 잘 보듬어주죠.

그녀와 함께 있으면 제가 사람이 된 것 같아서….

그래서…

그래서, 좋아요.

로이의 이야기를
들었을 텐데?

죽음에 대해서.

그건 정말
끔찍해요.

그럼 더더욱
집으로 가야지.
숲으로 돌아가거라.

...주인님.
역시 전 돌아가고
싶지 않아요.

로이에겐
저희 이야기를 다 한 후
떠나겠다고 약속했지만,
사실 로이를 설득해서
제인과 함께 셋이
있고 싶어요.

가지 않을래요,
주인님.

끝이 오지 않도록
도와주세요.

주인님이라면 분명
하실 수 있을 거예요.
그렇죠?

안 가도 된다고
말씀이라도
해주세요.

...내가 그렇게
말한다고 해서
달라질 게 있을
거라고 믿니?

말씀해주세요!

그래, 가지 마.
여기 있어.

여기가 좋으면,
남으면 되지.

뭐가 그렇게
어려워?

클라우드….

윈터,
술 마셨어?

술 마시고 이렇게
혼자 돌아다니면
큰일 나.

무서운 사람이라도
만나면 어쩌려고 그래.

클라우드를
만났으니까
괜찮아요.

이제 들어가자.

앤 또 어딜
나간 거야!!
너도
윈터 나가는 거
못 봤어?

……

우선 내가 나가서
찾아볼 테니까,

넌—

제인!!

…!!!

제인~~!!

제인!!♥

제~이~인♥

야!

으악!

너 진짜 말썽 피울래!

클라우드 씨가 원터 데리고 온 거예요?

네! 요 앞에서 공중에 대고 혼잣말을 하고 있더라고요. 그래서 데려왔죠.

고마워요.

별말씀을. 그보다 원터한테 술을 얼마나 먹인 거예요?

내가 먹인 거 아니거든요?

그런데, 누구?

친구예요.

여기 종종 왔었는데, 처음 보시나?

아~
친구분이시구나!
반가워요!

전 클라우드
입니다!

사라입니다.

제인 씨, 의외네요!
이런 미인 친구분이
있으실 줄은.

어헛!!

쌋뚝

집적댈 생각일랑
꿈도 꾸지 말아요.

핫 핫 핫 핫.
그럴 리가요!

핫핫핫핫

그저 아름다운
여인에게 아름답다고
말했을 뿐!

그럼 이만!

으어어억! 나 진심
소름 끼쳤어!!

제인.

속이 마구 꿈틀거려요.

우웁

꾸, 꿈틀…?

웁!

아, 안 돼! 화장실 가서 해!!

너 진짜 다음부터 술 먹기만 해!

퍽퍽 퍽...

우웩!

너보단 양호한데? 넌 했던 말 또 하고~ 또 하고~.

난 가끔 그러는 거거든요!

앤 먹었다 하면!!

조용---

어? 그런데 애 왜 이렇게 조용하지?

툭.

윈터!

윈터, 괜찮아?

야, 정신 차려봐!

사라. 애 어떡해, 눈을 안 떠!

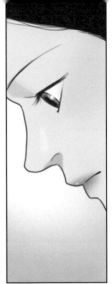

드르렁

드르렁

……

…잠든 것 같아.

앤 잠 안 잔단 말이야!

이건 분명 애한테 무슨 문제가….

술 때문에 그런 걸 수도 있어.

침착해.

일단 침대에 눕히고 지켜보자고.

…그래. 알겠어.

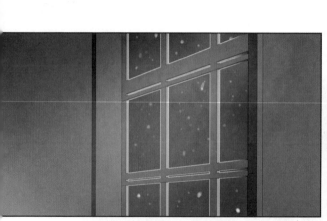

제인.
나 가봐야
할 것 같아.

어?!
어—.

무슨 일 생기면
연락해.

바로 올 테니까.

알겠어.

밖에
눈 오는 거 같은데
운전 조심해.

응. 갈게.

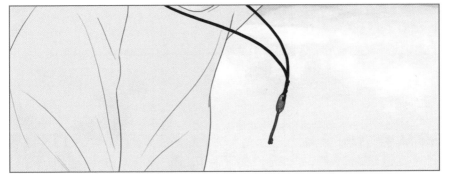

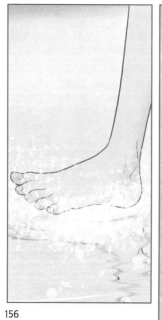

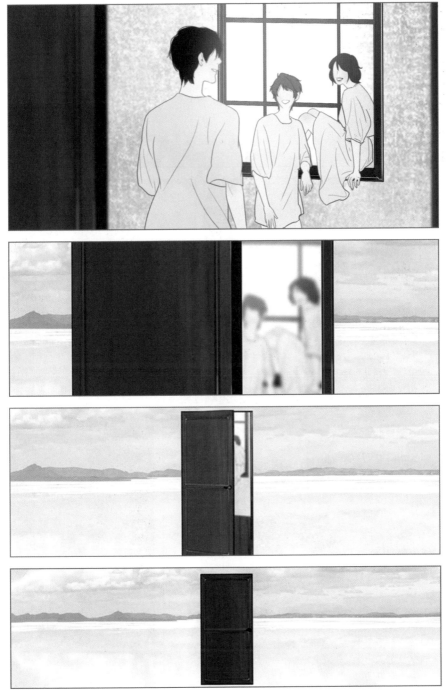

…제인.

으어?!?!?!

너 이 새끼!!
너 갑자기 토하다 쓰러져서
얼마나 놀랐는지 알아?!

사라가 네 상태 보고 자는 것
같다며 안심하라고는 했지만,
얼마나 걱정했다고!

너 잠 안 잔다며!
내가 밤새 진짜!

…그렇죠?

그런 거죠!

전 잠을 잔
거예요! 맞죠?

제인, 저 꿈을 꿨어요.
잠도 자고
꿈도 꿨어요.

잘 기억은 나지 않지만,
색이 너무 예뻤어요.

너무 아름다웠….

주르
…

모르겠어요.
속이 울렁거려요.

뭔가가 피부를 타고
온몸을 훑고 지나가는
느낌이에요.

손도 떨리고,
숨도 잘 쉬어지지가
않아요.

허

너 진짜 어제부터
왜 그래….

추운 건가?
막 뾰족뾰족하게
돋았어요.

무서운 것 같은데,
기분이 좋아요.
너무 떨리는데
뭉클해요.

이걸 어떻게
표현해야 할지
모르겠어요.

처음 꾼 꿈이
그렇게 감동적이었어?

희미한 기억만으로도
이렇게 울 정도로?

끄덕

쓰윽

이리 와봐,
윈터.

애도 아니고.
그만 울어.

뚝!

흐윽…

끅…

토닥
토닥

우으…

…뚝.

Winter
Woods

Part 17

/

항상 되뇌던 주문

Odelia Roav

어쩌다 우연히
봤었는데, 그 여자애
말하는 거지?

누구야? 친해?

딸
랑

오랜만이오.

어쩐 일로
온 거요?

그냥.

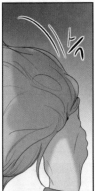

할 얘기도
있고.

할 얘기?

일을 당분간
좀 쉬어야겠어.

…….

일을
쉬겠다니….

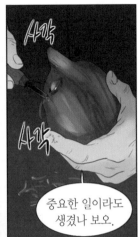

사각

사각

중요한 일이라도
생겼나 보오.

그런 셈이지.

내가 먼저
연락하기 전까지
일거리나 편지
보내지 마.

그럼.

잠깐 기다려
보시오.

171

거의 다
떨어졌을 거라
제이가 그러던데.

......

필요 없어.

그래도
챙겨 가시오.
언제 필요할지
모르는 거
아니겠습니까.

보험이라 생각하지.

……!

큭큭킁

피식

감사합….

앞도 안 보이면서,
좀 더 조심해야
하는 거 아닌가.

조에?

175

???

조에.

좋은 냄새가 나.

이런 향기는
난생 처음이야.

어디 가는 거야?

따라와 보면 알아.

네가 생각하는 그런 곳 아니니까 걱정 마.

…응.

어머~~
너무 잘 어울리실
것 같아요~.

한번 입어
보시겠어요?

더듬
...

더듬
...

막

막
..

만지작 -

만지작 -

손님, 혹시
필요한 게 있으면
말씀해주세요~
도와드릴게요.

아, 네—

괜찮아요!

혼자 입을 수—

입혀줄게.

…응.

팔.

손.

조에.

이 옷
예쁜 옷이야?

밖에서 거울로
한번 볼래?

장난치지 마.

당신이 보기에
어떤지 말해줘.

이 옷
입고 가자.

어머, 너무 잘
어울리신다.

입고 갈게요.

어울리는
코트도 보여
주세요.

네~.

만지직

예쁘다.

그런데 오늘
무슨 날이야?

옷도 사주고,

이렇게 같이
돌아다니고!

제대로 된 식사
하자니까.

아까 빵집에서
냄새를 맡는데,
너무너무 맛있게
생긴 거 있지!

다른 음식은 들어
오지도 않던데?

조에,

우리 이제
어디 가?

…집에 가야지.

그럼, 어디 가고 싶은 곳이라도 있어?

당신이 지내는 곳으로 가고 싶어.

그렇지 않아도 나 안개 숲으로 가던 중이었거든.

거기 가서 예쁜 그릇에 빵도 담고,

당신 이웃 사람들도 부르고…

그건 안 돼.

한번 정도는
데려갈 수도 있잖아.

아니,
그 전에 왜 안 되는지
그 이유라도 알려줘.

......

전에 경고했었지.

내 집으로
오겠다는 허튼소리
하지 말라고.

아도라.

매일
네게 올게.

하루도 거르지 않고
너에게로 와서
같이 있어줄게.

그러니까 제발,
찾아오겠다는 말 좀
하지 마.

하지 않겠다
약속하면 이 방에
안 들어가도 좋아.

여긴 안 좋은
기억만 떠올라서
싫어.
이 공간
자체가 싫어.

......

아무래도….

......

저벅...

저벅...

왜 우린

항상 끝에
이러는 걸까.

...모두

네 잘못이야.

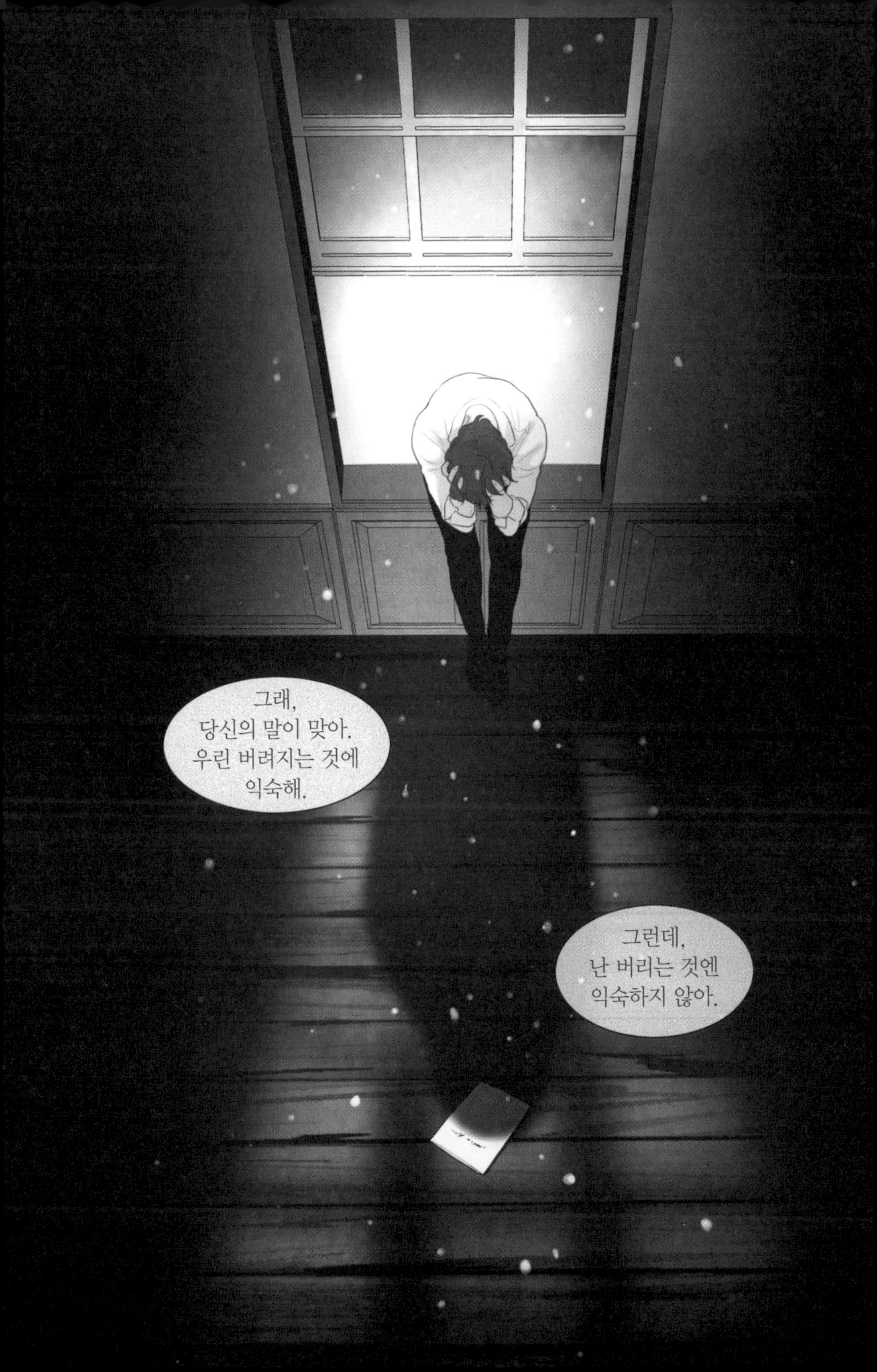
그래, 당신의 말이 맞아. 우린 버려지는 것에 익숙해.
그런데, 난 버리는 것엔 익숙하지 않아.

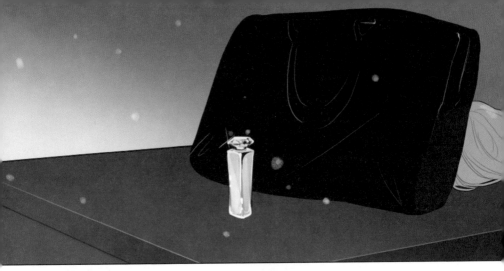

사라가 있는 동안
계속 숨어 있더니
잠들었나 보네…

쓰담

쓰담

제인.

사각

사각

꿈속에서 로이를 봤는데, 얼굴이 떠오르지 않아요.

원래 꿈이란 게 그래. 깨어나서 생각해보면 다 흐리멍텅하고, 말도 안 되는 경우도 많아.

제인과 로이가 뭐라고 말했던 것 같은데, 기억이 안 나는 걸 보면 그런가 봐요.

윈터, 이거 좀 먹어봐.

요즘 네 상태가 안 좋은 것 같아서 만들어봤어.

······

똑 똑

생~ 누구십니까~?!

획-

아야!!

내가 나갈 테니까 넌 이거나 먹어. 다 먹어. 남기기만 해봐···

······네.

무슨 일이에요.

아, 안녕하세요, 제인 씨.

저기, 윈터는一

안녕하세요, 클라우드!

원터!

짜~앙!

저 다른 건 아니고요, 원터 씨 좀 잠깐 데려갈 수 있을까요?

왜요.

새로운 노래 가사를 만들었는데, 원터에게 보여 주려고요!

안 돼요.

애 요즘 아프—

제인, 가고 싶어요. 저 갈래요.

안 돼! 너 요즘 상태 메롱이어서, 쉬어야 해.

으아아아아아아!

아오…

…아, 알겠어…

…다녀와. 대신 일찍 보내 주셔야 해요.

물론이죠.

감사합니다.

저기 앉아요.

끼익

이거 밤새 만든 가사인데, 봐줄 사람이 없네?

한번 봐줄래요?

알겠어요, 클라우드.

원터, 먹을 것 좀 줄까요?

괜찮아요.

Odelia Roar

클라우드.

응?

'오델리아 로브'는 누구인가요?

......!

그건 사람 이름이 아녜요.

써억

주문이지.

주문?

나를
알록달록하게
만들어주는…

그런 주문.

저는 언제나
클라우드의 노래를 들을 때
오델리아 로브가 무엇인지
궁금했어요.

하지만 지금은
정확히 알 것
같아요.

클라우드,
아도라의 집은
어디에 있나요?

……

odelia Roav

odelia Roav

I

love

odelia Roav

Adora

Part 18
/
그리운 태양의 미소 1

씨익

달그락

어떻게 알았어?

…그냥
보였어요.

저는 오래전부터
로이와 함께 단어 찾기
놀이를 많이 했거든요.

딜

딜

무작위로
나열되어 있는
문자들 사이로 여러 가지
단어 혹은 문장들을
찾았었죠.

……

손맛
죽이는데〜?!

못 맞출 때마다
뺨 한 대씩이다?

……

어쨌든 아도라에게도,
아무에게도 말 안 할 거지?
넌 말을 잘 들을 테니까.

왜요?

나중에 놀래켜
주고 싶거든.

알겠어요.
하지만 아도라는
클라우드를 너무너무
기다리고 있어요.

왕-

알아.
그런데 넌 아도라를
왜 찾는 거지?

할 말이
있거든요.

무슨 말.

설마 비밀인 거야?
이거 섭섭한데.
너도 내 비밀 하나
알았으니 나도 하나
알려줘야지~.

우물 쭈물

칫

...비밀까진 아니고
그냥 할 얘기가
너무나도 많아요.

209

소중한 게
생겼다는 것도
알려야 하고,

그게 생겼으면
어떻게 해야 하는지
물어봐야 하고,

술도 마셔봤다고
말해야 하고,

처음 꿈을 꿨는데
그 내용도—

꿈을 꿨어?

별떡

네.
너무 감동적인
꿈이었어요.

꿈을
꿨다고…

꽈악…

…어떤
내용?

가물가물해요.

제인의 말로는
원래 그렇다던데,
클라우드도 꿈꾸고 나면
잘 기억이 안 나요?

......

그보다
클라우드가 뭐야,
클라우드가?

비밀도
공유했는데,
좀 가까운 사이
아닌가?

우리 정도면
형, 동생 해야지.
안 그래?

형...이오?

그래.

형이라고
불러봐.

저 이만 제인에게
볼게요, 클라우드.

왜 그래?

제인이 빨리
오라고 했잖아요.
가봐야겠어요.

좀 더 있다 가.
노래도 아직 제대로
못 봤잖아.

봤어요.

클라우드,
그러니까—

형이라니까?

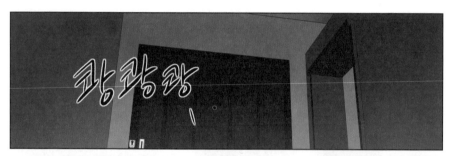

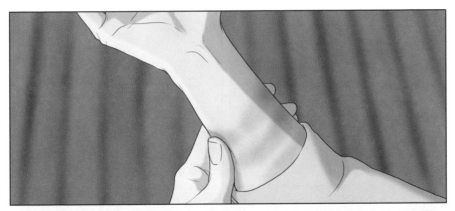

누구시죠?

나야.

안녕하세요,
래리 씨.

오늘은 여기가 청소하는 날이라며?

네. 곧 나갈게요.

너도 있었나?

윈터.

……

스미스가
청소 좀 깨끗이
해달래.

아주
신신당부를
하더라고~.

알겠어요.

윈터,
아쉽지만 다음엔
꼭 내가 만든 곡
봐줘요?

…….

그럼 수고.

끼이

탁

제인,

사람은···

갑자기 변하기도 하나요?

물론이지.

셔쿵

흐음···

하긴 제인도—

제인도 변해요. 화나면 막 변해요.

뭐라는 거야~.
나 집중하는
중이니까 조용히
좀 해~.

푸르르~

우으~~차.

일어났냐.

응.

야, 코딱지.

왜?

부탁할 것이 있어.

왠지 불안

뭐, 뭔데?

호으호으~

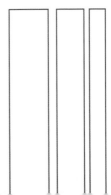

이게 나야! 멋지지? 난 분명 이렇게 생겼을 거야! 너 따윈 발톱의 때도 안 된다 이거야!

어… 그래… 멋…지네. 근데 머리카락은 왜 없어?

로이의 머리카락은 저 책에 없었어요. 아주아주 강렬한 붉은색이었거든요.

…음. 아, 그래? …잠깐만?

우다당ー

쪼자잔ー

여기에도 네가 말한 색이 없어?

…알록달록!!

222

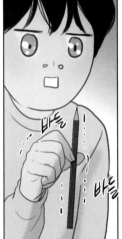

바들

바들

스으으으으

......!

움찔

제인, 색이 너무
똑바라서 무서워요.

무서울 것도
많다.

소오름

이거 가질래?
전에 그림에
도전해보려다가
남은 거야.

오오아

가, 감사합니다.

이 색들이
절 잡아먹진
않겠죠?

너도 참 상상력이
어마어마하다.

야 야. 다시 나 그려줘.

네. 로이의 머리색은 이거예요.

근데 말이야… 윈터. 우리 이제 다시 이야기를 시작할 때가 되지 않았나?

웅찔

…….

아니! 끝까지는 말고! 쪼~끔만 더! 쪼끔만 더 해주면 안 될까?

다 얘기하면 떠나야 함.

사실 그동안 동화를 (네가 집을 비울 때마다) 완전 열심히 집중해서 막 짜고 있었는데.

결과적으로… 막혔어.

저번에 라비라는 애가 일주일에 한 번씩 찾아왔다고 했지?

그 이후로 말해주면 될 것 같아.

삐죽

…네.

저는 주인님이 주무시는
낮 시간에 라비를 만났어요.

형 좀 이상해.

뭐가요?

아니, 그렇잖아.
나는 이렇게 컸는데,

형은 늘
그대로야.

거기다가 존댓말까지! 이건 좀 비정상 아닌가?

뭔가 비밀이 있는 거 아냐?

젊어지는 비법 이라도 있는 건가?

......

푹드득

가게?

네, 라비.

다녀오마.

몸조심하세요,
주인님.

주인님은 언제나
낮에 주무시고
밤에 활동을 하셨어요.
사람들의 시선을
피하기 위해 만든 문으로
외출을 하셨죠.

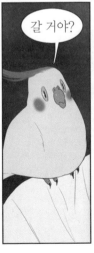

갈 거야?

······.

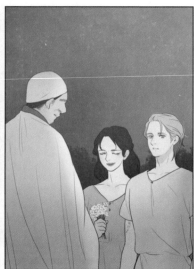

그동안 많은 일이
있었어요.

라비의 할아버지는
돌아가셨고,

혼자가 된 라비는
어른이 되었죠.

이제
시작해주세요!

작은 사람이 커가는 과정은
너무 이상했어요.
신비롭고, 몽환적이었어요.

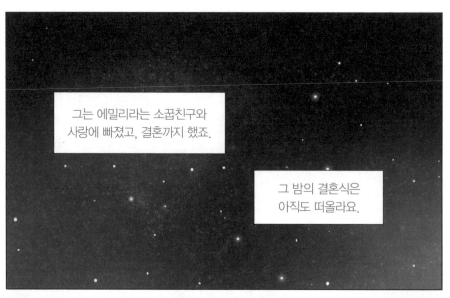

그는 에밀리라는 소꿉친구와
사랑에 빠졌고, 결혼까지 했죠.

그 밤의 결혼식은
아직도 떠올라요.

서로를 바라보는 눈동자.

손에 쥐여진 하얀 꽃.

하늘의 달과
수많은 별의 은하수.

밤의 숲과 새소리까지.

모든 것들이 어우러져
하나의 새로운 우주였어요.

도대체 어떤 미친놈이 장례를 치르자마자 시신을 훔쳐 가는 거야!

또 훔쳐갔군!

이건 분명 악마의 짓이야! 그렇지 않고서는!

혹시 말이야, 숲속의 그 사람이 이런 짓을 하는 건 아니겠지?

그 사람 죽지 않았어? 못 본 지 수십 년이 지났어.

아냐. 며칠 전에 다니엘이 숲에서 우연히 봤대.

귀신이 따로 없다더라고. 영 수상해.

흉흉해서 살겠나. 이 마을을 떠나야 안 되겠어.

주인님.
당분간은 가지 않는
것이 좋겠어요.

마을 사람들이
의심하기
시작했습니다.

…그래.
알겠다.

그 이후로 긴 시간이 지났어요.

계절이 바뀌었고,

세상의 색도 변했어요.

주인님은 로이의 말대로
외출을 하지 않으셨고,

전 하루하루
같은 일상을 지냈죠.

로이의 말에 의하면
마을 사람들과 같이 라비도
정해진 날마다 묘지에서
보초를 선다더군요.

이번엔 너도
같이 가야겠다.

알겠습니다,
주인님.

덜컹

조심하세요,
주인님.

그것이 처음이자
마지막이었어요.

제가 주인님과
함께 나간 건.

쓰윽

쓰윽

주인님은 많이
지친 것 같았어요.

떨리고 느린 손.
거친 숨.
둔해진 움직임.

예전과 사뭇
다른 느낌이었죠.

쓰윽

쓱

......!

저기다! 잡아!

주인님, 가야 해요.

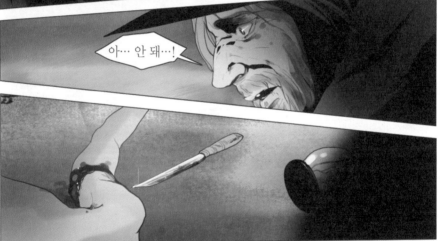

이건!

라비!!

네! 가요!!

……!

일이 복잡해
지겠는데….

Part 19
/
그리운 태양의 미소 2

이게 얼마 만에 얻은
썩지 않은 팔인데!
너 때문에
훼손될 뻔했잖아!

이것만 있으면
네 몸을 완성시킬
수도 있어!

실험에 성공할 수
있을지도 모른단 말이다!
근데 이렇게
마구잡이로…!

죄송합니다,
주인님.

또 왠지
여기 할아버지도
안 계실 것
같아서…

들어왔는데….

…….

씨익

일은 순식간에 벌어졌죠.

…누구세요?

알 필요
없을 듯 싶구나.

형의…
할아버지세요?

네 편할 대로
생각하거라.

저 좀… 돌아갈 수…
있을까요.

집에 아내가…
기다리는데….

내 아내…
에밀리가…
아이를 가졌어.

그러니까….

나 이제 아빠가
되는 거야….

나…
돌아가게 해줘.

응?

탁

자,
말해보거라.

넌 이 녀석을
보내줄 것이냐?

형, 제발….

저는….

너는!

나의 아들이 되어야
하지 않겠니.

괜찮아요.

거, 거짓말!!

아니면 따뜻한 차라도 줄까?

그것도 아니면 …음….

내 침대로 가 누워 있을래?

스윽

…윈터?

……

뒷이야기는
내가 해줄게.

아니야.
나중에 하자.

내가 해준다고
할 때 그냥 들어.
어차피 난
모르는 부분도 있어서
끝까지 말해주지 못해.

지금 내가 그걸
걱정하고 있다고
생각해?

난 단지—!

그러니까 말을 다 해준다
해도 떠나지 않는다고.
네겐 나쁘지 않잖아.

그리고 내가
빨리 이 이야기를 끝내고
싶어서 그래. 나중에 또
얘기하기 싫단 말이야.

찝찝하게
남아있는
것도 싫고.

…알겠어.

탁,

그 이후로
별일은 없었어.

신기하게도
저 녀석의 오른팔 역시
썩지 않았지.

다만—

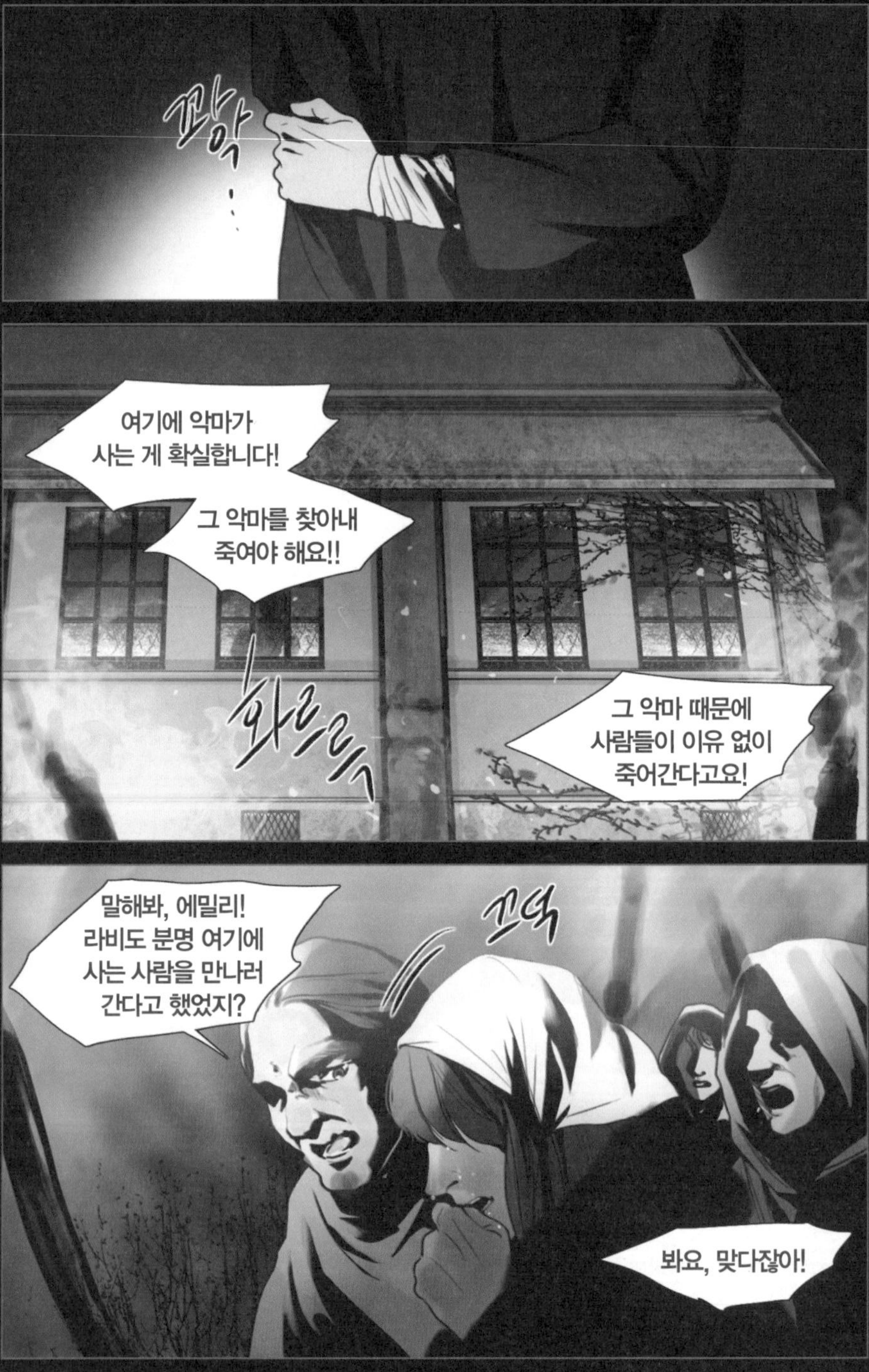
꽈악
여기에 악마가 사는 게 확실합니다!
그 악마를 찾아내 죽여야 해요!!
화르륵
그 악마 때문에 사람들이 이유 없이 죽어간다고요!
말해봐, 에밀리! 라비도 분명 여기에 사는 사람을 만나러 간다고 했었지?
끄덕
봐요, 맞다잖아!

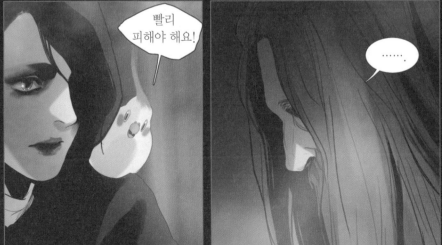

우리는 지하 실험실로
대피해 머무르게 되었어.

그리고….

그곳에서까지
실험을 했지.

네게 마음이 있다면
기꺼이 나의 아들로
삼고 싶었단다.

기쁨과 슬픔을
함께 나누는 가족이
되고 싶었지만, 네겐
마음이 없구나.

몸은 완성
되었는데 말이다.

268

성공작이었다면 저런 숫자 따위
남길 필요가 없었을 테니까.

주인님이 돌아가신 이후에도
사람들은 계속 찾아와
화풀이를 했어.

그러다 어느 순간 뜸해지더군.

까악

까악

죽었다뇨?

주인님처럼 되었다고.

가봐야 할 곳이 있어요.

에밀리한테 가려는 거지?

안 돼. 가지 마. 거긴 완전 지옥이야.

로이. 전 가야 해요.

가려면 혼자 가.

온통 병들어 죽은 시체더미들만 있어서 기분 나빠.

난 가고 싶지 않—

쿵!

……

마을에서 무슨 일이 있었는지는
모르지만 그 이후 실험실 밖으로
나가지 않았어.

보고 왔어?

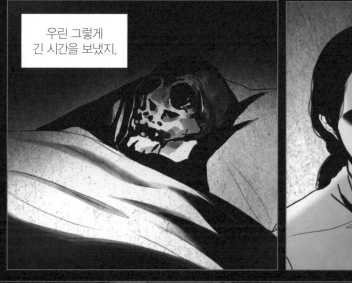

우린 그렇게
긴 시간을 보냈지.

우연히 와봤는데,
뭔가 심상치가 않잖아?

ERR의 문서가
여기 있을지도 몰라.

잘 찍어.

굉장하군.

어? 저것 봐!
살아있는 건가?

모, 모르겠습니다.

좀 더
가까이—.

이상한 복장의 사람들이 나타나
알 수 없는 말로 중얼거리며
우릴 꺼냈고, 어디론가 데려갔어.

그리고 도착한 곳이
이 나라였지.

274

긴 시간 동안
여기서 머물다 보니
새로운 언어도 배우게
된 거고.

…그렇구나.

내가 아는 건 여기까지야.
마을에서 무엇을 봤는지에 대한
건 나중에 쟤한테 들어.

그리고
그 이야기만 하면
우리가 떠난다는 거
기억하고.

…알겠어.

저… 윈터?

정말 괜찮은 거야?

슬쩍

…괜찮아요.

……

윈터. 감정에 거짓말하지 마.

뭔가를 숨기는 건 나중에 배울 거 다 배우고 나서 해도 늦지 않아.

넌 그냥… 꿈을 꾸었다고 우는 것처럼, 색연필이 무섭다며 겁먹었던 것처럼 솔직하게 다 표현해.

그게 보기 좋아. 응?

……

끼르르르

…제인,
저 배고픈 거
같아요.

아, 그래?
배고파?

그럼 뭐 좀
먹자~.

뭐 먹고
싶은 거 있어?

하긴 재료가 없어서
뭐 해줄 수 있는 것도
딱히 없긴 하지만…

아무튼
소파에 앉아서
기다려!

할 만한
음식이 있나?

냉장고가
텅텅 비었네….

···그에게
너무 미안해요.

그때 그를
보냈어야 했는데,
그러지 못해서 미안하고
또 미안해요.

괜찮아.

그때의 넌
지금과 달랐잖아.

그리고 내가
너에게 들은 라비라면
용서해줄 거야.

〈윈터우즈〉 4권으로 이어집니다.

라비의 태양 같았던
웃음을 보고 싶어요.

Winter
Woods

난 잘 지내고 있어, 형.

그러니까 즐겁게 놀다 와.

Winter Woods

윈터우즈 3

1판 1쇄 발행 2018년 2월 23일
1판 5쇄 발행 2021년 3월 22일

글 Cosmos **그림** 반지
펴낸이 김영곤 **펴낸곳** ㈜북이십일 아르테팝
아르테사업본부 본부장 장현주
웹콘텐츠팀 김가람
해외기획팀 정영주 이윤경
출판영업팀 한충희 김한성 오서영
제작팀 이영민 권경민

출판등록 2000년 5월 6일 제406-2003-061호
주소 (우10881) 경기도 파주시 회동길 201(문발동)
대표전화 031-955-2100 **팩스** 031-955-2151 **이메일** book21@book21.co.kr

㈜북이십일 경계를 허무는 콘텐츠 리더
아르테팝 채널에서 도서 정보와 다양한 영상 자료, 이벤트를 만나세요!
페이스북 facebook.com/21artepop 포스트 post.naver.com/artepop
인스타그램 instagram.com/21artepop 홈페이지 arte.book21.com

ISBN 978-89-509-7359-9 04810
책값은 뒤표지에 있습니다.

본문 디자인 손봄코믹스